시담포엠 시인선 021

분홍을 핥다

한희주(주영) 시집

시담포엠 시인선 021

분홍을 앓다

초판발행 2020년 3월 16일   제 1판 인쇄

지 은 이 ｜ 한희주
펴 낸 이 ｜ 김성규 박정이
편 집 인 ｜ 김세영
대표 겸 편집주간 ｜ 박정이
펴 낸 곳 ｜ 도서출판 시담포엠

출판등록 ｜ 2017. 02. 06
등록번호 ｜ 제2017-46호
주   소 ｜ 서울시 강남구 테헤란로 311-1321호<역삼동, 아남타워>
대표전화 ｜ 02)568-9900 / 010-2378-0446
이 메 일 ｜ miracle3120@hanmail.net

©2020 한희주
ISBN 979-11-89640-10-1
값   10,000원

시담포엠 시인선 021

분홍을 앓다

한희주(주영) 시집

도서출판 시담포엠

✍ 시인의 말

내 생의 시의 마법,
내 생의 최고의 환희,
지금 나는 낯선 시인의
옷을 입으려
시인의 언덕에 서서
첫 시집을 낸다
분홍의 3월
분홍 꽃무늬에 분홍꽃수를 놓는다
이렇게 시의 꽃수를
첫 시집에 수놓게 해주신
시 창작 박정이 지도교수님과
늘 즐겁게 시 창작 공부를 함께 했던
포에트리 시인학교 선배님들과
이 기쁨을 나누고 싶다

3월의 분홍언덕에서
한희주(주영) 시인

차례

시인의 말   5

시인은 허공에 낙서를 한다   10
죽음의 질문   12
분홍을 핥다   14
이야기들이 옷을 갈아입는다   15
내 이름은 화냥년이다   16
삼월에는 흑백 사진을 찍는다   17
하루의 울음으로 채워지지 않는다   18
오후의 스릴러   19
죽음의 출산   20
우울의 창   22
허기의 이력   23
조수미는 詩다   24
종족의 늙은 목소리   26
시간의 색채   27
엄마는 하얀 꽃잎이 되었다   28
마리화나   29
시의 밭   30
봄비의 여자   31

초대 받지 않는 여자   32

박남교 선생님을 생각하며   33

8030칼슘   34

집착   36

통증   37

여자는 그늘을 이고 있다   38

강남역은 담배를 핀다   40

바람에게 질문을 한다   41

시가 잉태되다   42

오리 궁뎅이   44

내 시선이 뻗치는 선   45

행복 수채화   46

푼수마을   47

욕심   48

반지   49

습도 높은 여백   50

순종의 굴레   51

심야극장 1   52

심야극장 2   53

심야극장 3   54

차례

포에트리 시인학교에서   55

창가에 어린 사랑   56

추석날   58

도르래   59

포에트리 시인 박정이 선생님   60

나는 6월에 결혼한다   62

나는 생각나지 않는 일상을 사는 중이다   64

괘종시계   65

가을이 머무는 창문   66

고속도로에서   67

고향으로   68

그저 그런 너   69

금요일 오전   70

나의 책은 몇 권일까   71

BIT COIN의 배경   72

나비처럼 날아서   74

남녀의 속셈   76

지하철에서 소리를 지르다   78

당신은 나에게 유혹이다   80

고립   81

목걸이 82

병든 시계 83

태풍 84

기억창고 85

새벽 86

여자 1 87

나도 보호껍데기를 열어 놓는다 88

시인의 걱정 89

한글창제 90

노트북은 알고 있다 92

텔로미어와 칼로리 94

돈 95

홈쇼핑 중독 96

한씨 민족 98

대륙에 부는 바람 100

빈티지는 사라진다 101

외부에 노출된 usb 102

죽음의 바깥에서 103

기생충 104

시해설 106

시인은 허공에 낙서를 한다

시인의 층계는 삶을 기록해 가는 장소다
용이 되지 못한 이무기처럼 몸은 저 모양대로 어긋
나고
생이 절고 있어도 용이 되지 못한 슬픔을 토한다
그 여자는 용이 되고 싶은 성욕을 갈구한다
앞뒤가 섞이고, 설익은 자국들이 시 일까
처절한 분노들은 허공에 패인다
회색 그림자에 낙서하는 핏빛의 얼룩들은
구름의 꽃들을 물들이고 있다
용의 눈알들은 캄캄한 밤이 와도 소리 내어 떨지 않
는다
틈과 틈 사이, 가슴에 품은 장도 한 자루를
버릴지라도 울부짖지 않는다
그들은 신에게 울부짖는다 비닐에 갇혀있는 불안,
다시는 오지 않을, 바람의 인간들이 있다고

그래 그래 어차피 한 사람씩 신이 되어간다
밀어내고 밀어내는 어설픈 장소에 남은 사람들

오늘도 시인은 허공에 낙서를 한다

죽음의 질문

하얀 손끝으로
하얀 손끝으로

껍질 같은 내 나이가 쉬고 싶을 때
모호한 관계로 잠을 자는 구겨진 종이 한 장
슬그머니 집어 들어 혹시나 하고 펴본다
겨울나목 귀퉁이에 새겨진 이름 석 자
바쁘게 달려온 아버지라는 호칭
나이를 먹은 채로 곤히 졸고 있다
산다는 것은 산자의 그림자를 끌고
누워있는 몸을 뒤척인다

죽음의 질문은 하루 일기와 같다
성큼성큼 바람이 몰고 다니는 일이다
생각은 생각을 흥정하는 것
죽은 자의 생각은 모른다 죽은 시체만 달리려 한다

하얀 손끝으로
하얀 손끝으로

다시 펴기엔 구김이 너무 많다
잠이 들 수만 있으면 잠들어야 한다
쉬어야 할 일
쉬어야 할 일
내겐 시간이 많지 않으므로 죽음의 질문을 던진다

분홍을 핥다

그 여자는 분홍의 꽃잎처럼
미세한 생각의 열정으로
푹신한 바닥에 누워 시트 한 장 깔았다
연분홍도 진분홍도 아닌 색의 자태는
누구라도 홀릴 수 있는 기세다
엄마의 뱃속처럼 내게
안락한 평온 감을 선물하는 너는 너 나는 나라고,
꼬물꼬물 거리며 물밑을 헤엄쳐 가는 물고기처럼
연한 살성의 젊음이 나를 잡는다
지난 계절 머물었던 그 자리는 나를 묶어둔 채
분홍색 알들이 가득 깔려있었다
한 알씩 한 알씩 톡톡 터지는 생명이 잉태되는 곳
태어난다는 것은 생명이 숨을 쉬는 유방이다
몸을 질척이는 유선의 젓줄기도 분홍 이였다
분홍을 핥는다
분홍을 핥는다
그 여자의 핥는 분홍은 분홍색 침을 흘린다

이야기들이 옷을 갈아입는다

실종된
봄옷이 들어 있는 서랍
가만히 쉬-잇
숨 쉬게 해달라고 조른다
더듬는 손
만져지는 매무새 따라
한 겹 두 겹 몸이 된다
지난겨울 내내 덮어 두었던
이야기들이 옷을 갈아입는다
계절마다 붙은 먼지를 털어 버릴 때
저마다 한 가지 징표를 집어든다
고인 바람이 빠져 나가는 틈새
나는
옷의 이야기에 징표를 건다

내 이름은 화냥년이다

담벼락에 기댄 바람들이 나를 발칙하다고 한다
그래서 내가 입는 브랜드 네임도 화냥년이다
화냥년 옷을 입으면 날씬 해 지는 것 같다
군더더기가 없는 사랑에 몰입 할 수가 있다

나는 1961년에 태어났다
내 머리카락이 다 자라기까지 꼬박 59년이 걸렸다
고무줄 끊기 하던 학교친구들은 학부형이 되어서
내 머리카락을 자를 사람도 사라졌다
머리카락은 바람 부는 대로 흔들면서 소리를 냈다
소리도 인공위성을 타고 방송을 잡았다
화냥년들 세상, 화냥년들은 1961년에도 있었다
다만 숨어 있었을 뿐이다

나는 발칙한 발상을 하는 화냥년 이다

삼월에는 흑백 사진을 찍는다

삼월을 열며
시작하는 한 가지 일이
흑백 사진을 찍는 일이다
가장 예쁘다고 느껴지는 3월에
사진기 앞에서 긴장한다
장미의 여신 5월
초록빛을 자랑하는 7월
작열하는 태양아래 8월의 운동장
단감 베어 먹는 걸 푸른 구월
모든 것을 떠나보내는 십일월
군고구마를 먹으며
책 읽는 12월의 난롯가…
그래도 나는
삼월에
흑백 사진을 찍는다

하루의 울음으로 채워지지 않는다

습도 높은 여백에
두 장의 느슨한 글자들을
순서대로 컴퓨터, 복사기가 받아낸다
이유 없이 몰려오는 설움에
무작정 열린 마음은
의자에 앉힌 채로
한참을 소리 내어 운다
초등학년의 울음소리도 섞여있다
언제까지 커야 성인이 되는 것 일까
팽창을 계속해 가는 내부에 갇힌 영양들
넘쳐서 부풀기만 하는 습도 높은 여백,
숨기기엔
너무 빠른 속도의 컴퓨터가 있다
세상에 내놓은 고백
그 글자들은 나를 떠난다
성인이 된 나는 미혼모가 된다

하루의 울음으로 채워지지 않는다

오후의 스릴러

휴대폰이 없는 세상

휴대폰이 택시 내릴 때 주머니에서 흘렀나 보다
사무실에 도착해도 없다
시간 약속을 한 사람들의 얼굴들
인상 쓰는 모습들이 선하다 그런 사람 아닌데
아무도 못 만나고 집으로 오는 길은 고립 이었다
고립 된다는 것은
시간 플랫폼 속에 갇힌 구속이다 시야가 좁아진다
세상 네트워크가 끊긴 상태 전화번호를 외울 수가 없다
나는 지금 오프라인이다
온라인이 사라진 아날로그에 뒷걸음쳐 밀려왔다
공포가 엄습해 온다 잠금을 해제한 너를
통째로 발가벗긴 채 온라인에 나와서 돌아다닐
스릴러를 경험 하는 중이다
오직 나를 구해줄 수 있는 것은 유실물 센터인가
내 번호를 받아줄 그분인가
어떻든 지금 나는 갇혀있다

죽음의 출산

– 1998년 여름, 임종을 지키면서

어머니는
죽음을 낳으려 들어 가셨다
십분, 오분, 삼분…
소리치는 진통은
출산의 시간을 알린다
빗줄기 통증 속에 태어난
하얀 리본 색 나비

60년 홀로 아픈 가슴
오늘 한꺼번에 쏟아놓고
한세월 긴 세월 곡조 따라
신음소리 푸념소리

쓸어안을 때
나팔수는 찰나의 종말을 연주한다
죽음의 바깥에서
어머니는
흰나비가 되었다

바람이 되었다

우울의 창

그의 연락처는 노란색깔

010-9610-5508

나는

지나간 너에게 전화를 한다

노란색깔로

이 전화는 연결이 되지 않습니다

다음에 걸어주시기 바랍니다

이미 나를 지나간 너.

허기의 이력

나는
많은 것을 먹는다
채워도 채워지지 않는 허기

새벽이 오는 것을 막으려
밤새도록
먹은 것을 소화 시키고

아침이면 모든 걸
어디다 두고 온 사람처럼
건강한 두발과 두 팔로
먹을 것을 향해 소리친다

나는 나아간다
세상을 향하여

조수미는 詩다

그녀의 음색은 예술이다
그녀의 음폭은 거리에 뛰쳐 다닌다
그녀는
신의 목소리를 가졌다고 한다
그녀는 정말 그랬다
신들린 무녀 이다
오 오 오 오 오를
바벨탑이 무너지라고 오르고 있다

그녀의 하얀 드레스자락으로
계단을 뛰고 있는 저 힘은
신이 부르는 신의 여자인가

그녀가 내려오는 알토는
천년을 기다린 여자인가
장송곡을 이태리 풍으로 구사하는
저 능력은
여인과 바꾼 애끓는 천상의 소리
여자의 울음소리 이다

그녀의 이름은 세계적인 성악가 조수미 이다

종족의 늙은 목소리

내 고향은 여기가 아니었던 거야
내 종족이 있는 곳으로
나를 데려다오
1999년 8월19일 밤 11시에 나오는
내 종족의 늙은 목소리를 들었어
그곳으로
나를 기다리는 몸짓 들을 쉬게 해줘야 해
내가 울고 나를 울리는 이곳은
태어난 곳 일뿐이야
내안에서 자라고 성인이 된
너를 고향으로 고향으로
종족의 그 늙은 목소리가 나를 이끈다

시간의 색채

어느 새
아홉시를 잡아먹고 있다
10시가 더 맛있을 것 같다
10시의 색깔만큼
화려한 물고기를 기억한다
군침 넘어가는 목젖의 움직임과
낡아서 떠오른 10시는
죽은 채 매달려 있다

시간이 시간을 먹어야 하는
뜨거운 훈기, 차가운 눈물처럼
이마에 맺힌다
박수갈채를 받으며
나는 11시로 이동 중이다

엄마는 하얀 꽃잎이 되었다

벚꽃 지는 가로수길
영안버스 밖은
벚꽃이 눈 시리도록
화창한 봄날 이었다
낚시꾼들은 1년에 세 번 올까 말까 하는
좋은날 이라고 마음 들떠있는데
내 엄마는
다대포 바다 한가운데에서
흰색 눈가루로 뿌려졌다
우리 다음 생에 만나지 맙시다
7남매가 내겐 너무나 무거웠다는
엄마의 문장이
하얀 뼛가루로 바다에 떠다닌다

마리화나

그 여자는
환각의 유혹을
꼬집어 내는 기술을 안다
호기심은 달라도
떨떠름한 감각이 입 안 가득
찾아오는 환각의 시간을
기억할 필요는 없다
밤마다 달리는 생의 말들이 여러 겹으로
겹치면 세상이 달라진다
똑같은 상황이 질리지 않는 시간,
현실이 없는 현혹, 주어진 채로
당신의 나이가 고여 있을 때
썩은 물도 제 입술을 스치면
그 맛으로 기억 하지 않는 것
오늘은 환각의 마리화나가 되어본다

시의 밭

그곳은
언제부터였을까

나를 기다리는 몸짓들
쉬게 해줘요

아린
그곳은
태어난 것뿐이에요
내안에서 숙성된
시의 밭의 여린 싹들

나를 시의 밭으로
시의 목소리로
나를 이끌어 줘요

봄비의 여자

3월에 내리는 밤비
그녀에게 봄비가 내린다
쏟아져 내린 봄비
봄비 여자는
그녀 깊숙이 숨을 쉰다
깊은 통로가
급격한 경사를 맞이할 때
터지고 마는 뜨거운 봄비
떨리는 것은
그녀의 음색이다

초대 받지 않는 여자

추석 하루 전 50대 여자가
극장에서 영화 제목을 찾는다
2시간은 자유
돌아가신 어머니
조카 결혼식에 초대장을 보내지 않는
언니, 오빠, 남동생
평양 아버지에 대구 엄마
양극의 미묘한 피
평양과 대구의 휴전선인 그녀도
갈수 없는 나라
내 형제들의 나라
민주주의 파생물 속에서
헤엄친들 가질 수 없는 나라
돌아가고 싶지 않는 나라
내 왕국의 영화를
그리워해야 될 형제들이여
안녕
그 여자는 극장 안에서 추석을 보낸다

박남교 선생님을 생각하며

언제쯤일까
언제쯤으로 기억되는
정릉의 여성 시인
95년 가을 인사동에서
퍼포먼스를 처음으로 열었다
청소년 가장 돕기를 하고
2평 반짜리 쪽방에
그녀의 마지막 작품
얼룩무늬 소가죽 쇼파
몇 년이 지난 어느 속초 산골에서
카페처럼 차린 그녀의 안방에는
얼룩무늬 소 닮은 그림자는 없고
벽에 붙어 있는 이중석의 소가
풀을 뜯고 있었다
나는 지금
그녀의 그림자를 밟고 있다

8030칼슘

– 골다공증

집이 헐어있다
부실공사는 내 몸에도 존재한다

헌집을 헐고 새집을 짓자
깨끗한 피, 좋은 식습관으로
혈관에 신선한 혈액을 공급하자
혈액의 1%를 옮겨야 하는 그대
147가지 질병을 예방하는
칼슘의 흡수율 100%
모르는 사람이 많은
칼슘의 생체 이용률 99.9%
8030칼슘의
무한 주행은 100세를 넘는다
채소 50%,단백질 30%, 탄수화물 20%

노래하는 식습관으로
웰니스 시대의 새집을 짓는다

줄기세포 칼슘과 다시 시작하는 식단
300세로 가는 지름길이다

집착

– 사람 만나기

밤의 건너편에 누웠다
작은 손 뻗어 보지만 잡지도 못한다
이 밤이 가기 전에
꼭 부탁 할 일이 있었다
오늘밤
제발 정전만 되지 말아다오
아침이 되기까지 너의 손바닥 만 한
서러운 심장소리를 듣게 해선 안된다
나는 너의
마지막 남은 꽉 물린 집게다
질긴 인연의 끈으로 너를 찝는다
하얗게 표백된 너를 꽉 찝어서
하얀 햇살 웃음을 햇볕에 널어놓는다.

통증

하이얀 와이셔츠를 입은 소년이
내 앞에 서있다
삐쩍 마르고 잘 생기진 않았지만
항상 깨끗하고, 나만 보면 웃던
튀어나온 두개의 하얀 이빨이
내가 기억하는 소년의 전부다
내 어린 시절 가질 수 없는 소년이
나를 아프게 한다
지금도 내겐 첫사랑의 통증이 있다
그 소년의 이름은 신용욱이다

여자는 그늘을 이고 있다

여자는 일어선다
겨울 꽃이 지고 난후
끝이 보이지 않는 종착역에서
다가서는 시간들이
안개속의 시간들을 걷어내고
여자는 새해를 맞는다

여자는 일어선다
떠오르는 주황빛 태양 한가운데
다시는 피지 않을 꽃들을 위해
여자의 울음소리 들리지 않는
깊은 신음의 시간은 흘러간다
여자는 망상을 태우고 있다

여자는 일어선다

눈을 뜨고 다시 만난 생각은

식물로 가득 찬 수목원의 온실이다

그늘은 미스 한의

시간 속을   달린다 코끝을 스치는 잔바람

한낮의 오수를 좋아 하는 여자는

그늘을 이고 있다

강남역은 담배를 핀다

베이지색 바바리가 걸어 다닌다
봄을 부르는 칼라
베이지색 바바리는 너의 색깔이다
네가 흐르듯 투명한 목소리는
나에게 건네준 음원을 만들었고
베이지색 안개가 올라오는
연기 속에서 만났던 우리는
이야기만 쌓인 먼지처럼 담배를 피운다
내 여린 감정을 만지고
지나간 자국들, 머문 감정들이 담배를 피운다
바쁜 소리 틈 사이로 습한 기운은 떠나보내는
술 빛 취한 내 얼굴처럼
강남역은 담배를 핀다

바람에게 질문을 한다

소리 없이 찾아온
문장들이 앵무새를 깨운다
앵무새 입에서 나오는 노래
1절은 시가 흐르는 풍경
2절은 그대가 들려주는 노래
가을 새는 문장들을 묶어준다
사랑과 시는 함께 살수 없는 걸까
나는 잠깐 시를 놓고
그대의 그늘로 들어가 머리를 푼다
머리카락 길이만큼 긴 바람결에 들리는 소식
그녀는 더 이상 시를 쓸 수 없을까
그녀의 그대가 웃음 지며 농담한다.

시가 잉태되다

내 시의 생명체가
프린터기기에서 서걱 거린다
인쇄된 활자들이 천천히
때로는 쏜살같은 속도로
세상에 나온다
나의 애벌레, 내 새끼들이다
버릴 것이 없는 가슴속에 사는 새
나의 순수한 혈통
그 오랜 원망을 활자들로 두드리고 나니
세상 원망 어느덧 하늘을 날고 있다
땅에서 살게 한 나의 신이여
두발로 걷다가 돌멩이에 넘어지면
한 장 빼곡히 적힌 활자를
당신께 보내면 될까
절벽을 만나면 검은 글자들로 흐려진
내 눈물자국도 보내고

각혈로 조금 남은 호흡수를 헤아려
이제는
시로 잉태된 나의 분신이다

오리 궁뎅이

내 앞에 걸어가는 여자

오리처럼 뒤뚱뒤뚱 걷는다

뚫고 나오고 싶은 살들

터질 듯 터질 듯

실밥들의 아우성 이다

내 시선이 뻗치는 선

아침이

나를 열어 놓는다

환타 색으로

떠오르는 태양이

내 시선 뻗치는 선까지

서서히 짙어진다

행복 수채화

진 주황색으로 타는 바다에서
하늘을 향해 뛰어 올랐다

하늘 밑 동네는 수채화다
소리가 작은 아줌마, 아저씨가 살고
초등학교 아이는 피아노를 친다
빛이 스며들지 않는 구석에도
미소가 있는 아침이다

푼수마을*

백지위에

내 얼굴 여러 개

푼수란다

나 닮은 사람들이

많이 살고 있는 그곳은.

* 동인지 이름 푼수마을

욕심

싱글 침대에서
퀸 침대로
디자인 고르는 날
콧노래는 몸의 노래
뒹굴뒹굴 어른 몸이지만
대자로 누워서 천정을 본다
"이건 내꺼야"
천정을 뚫고 하늘을
다 가지려 했던
햇볕 든 젊은 날 보다
오늘, 이건 내꺼야

반지

동그란
너를 끼우면 약속이 된다
떠나 있어도
너의 목소리 담긴 굴레
떠나지 못한다
손가락에 넣어 돌려 본다
너를 따라 가서
너를 만나는
낯선 우연이
동그란 순금이 있는
선 안으로 들어가게 한다

습도 높은 여백

이유 없이

몰려오는 슬픔에

무작정 열린 마음

의자에 앉힌 채로

한참을

소리 내어 울었다

순종의 굴레

분주한 역삼역 4번 출구가
제2의 삶터로 걸어간다
걸음걸이는 박자를 느낄 수 없고
끼어 들 수도 없는 순종의 굴레
습관처럼 책상에 앉는다
시커먼 아메리카노를 내미는
일상이 숨 쉬는 역삼역에서
커피보다 더 찐한
월급 일수를 헤아린다

심야극장 1

내 일상을
걷어내고 들어온
싸아한 바람은
심야 극장으로 향하고 있다
사각지대가 없는
심야 극장에는
갈 곳을 잃은 청춘들이
번호표를 뽑는다
팝콘, 오징어 냄새 따라
영화는 시작되고 있다

심야극장 2

청춘의 이름은 콜라일까
사이다 일까
광란의 20대들
영화의 필름 돌아가는 소리
내 음료수의 빨대소리
잠이 달아난
그 자리에서
나는 영화 주인공이 된다

심야극장 3

심야극장 끝나고
집으로
돌아오는 길
눈을 감으면
강남 역에 새벽이 온다
나의 새벽도
4시 45분 가까이
오고 있다

포에트리 시인학교에서

– 보리굴비

우리 포에트리 시인학교는
추석날에도 시 창작 공부래요
재벌굴비
복 들어온다고,
시인학교에 걸어두라고
재벌표 한가위 마음표시 보리굴비
시인학교에 오지 안 왔다면
이영 시인을 기억할까
시인 명부가 친구도 찾아주고
추석날 시 창작 수업이
선생님과 문우들을 기쁘게 하네

창가에 어린 사랑

12층 베란다가 있는 나의 방
그대 향한
창을 조금 열어 놓는다
맞은편 올라가는
아파트 공사 현장은
한 층 한 층 겹을 쌓아 오른다
그대 향한 마음이
베란다에 꽃을 피운다
회사 다닌다고 보지 못했던
겹겹 올라가는 고층에
애벌레처럼 보이는 한 점이 있다
오르내리는 도르레 바구니 속에
공사 현장 모자를 쓴 사람들
지난해부터 부지런히
왔다갔다 하였구나

그대 향한 내 마음은

사알짝

옆집 사람들도 모를 만큼

현관문도 조금 열어 두었다

추석날

추석날이다
노래가 있고
춤사위가 있는 시 합평
이영 시인님의
보리굴비도 한몫이다
우리 시우들은
모두 한가위 보름달

도르래

나의 도르래는

오르락 내리락

12층 베란다 카메라는

창가에 핀

꽃의 키를

촬영하고 있다

포에트리 시인 박정이 선생님

선생님을 만난 건 카페포엠 커피숍
포에트리란 단어는 1개월쯤 지나고
머리에 들어왔다
하얀 모자가 트레드 마크인 예쁜이 시인
포에트리 잡지 발행인, 편집주간…
그 중에서 그녀의 시풍은
당당한 모더니즘 현대시, 미래파 시인
40여년을 걸어온
그 커피 잔은 울먹일 새도 없이
자리를 지키고 있는
여자 대장군 장성이 되었다
그녀의 눈물은 시커먼 아메리카노로
때로는 따뜻한 커피향으로 남는다
학생들이 떠나고 난 자리에
파고든 공허함은 자녀를 두고 온
외국 여자같이 북쪽을 본다
우리 선생님 예쁜 얼굴

웃을 때 소녀같다
나이는 허공으로 보내고
수줍은 밤을 준비하고
또 수줍은 밤을 기다리는
수줍음 타는 우리 선생님
박정이 시인,
계속 보고 또 보고 싶은 얼굴이다

나는 6월에 결혼한다

선릉역 5번 출구
아남타워 뒷편에는
카페포엠이 숨쉬는
커피나라 타운하우스
오늘도 발코니 테라스 같은
카페가 시를 읊는다
카페포엠의 시인은 젊었다
내 어머니가 결혼한 6월에
나도 결혼한다
청포도색 닮은 어머니
청초한 인상이 너그럽다
어머니의 뜰에서 나는
수채화 향이 베인 수묵화를,
연인처럼 시를 작사한다
어머니의 뜰은 어머니를 울게도 했지만

나는
어머니의 뜰에 핀
한켠에 심어진 새순이다
내 어머니는 카페포엠 이다

나는 생각나지 않는 일상을 사는 중이다

2018년 1월 31일
이삿짐을 내려놓고, 기사는
말 한마디도 내려놓고 간다
"이 짐들 제자리에 앉히려면
한 달은 걸리겠네요" 한다
침대 위에 있는 박스들…
거실에도 빈틈없이 박스를 쌓아 놓았다
기사 말대로 한 달이 되었다
거실 한켠에
흐트러진 내용물들 속에는
많은 사연들이 들어 있다
바깥으로 나오려고 하지만
눈을 가리고
박스테이프로 입을 닫는다
나는 저들과 생각나지 않는
일상을 사는 중이다

괘종시계

아무 일도 없는 것처럼
아무 일도 없는 것처럼
오전을 떠난
너는
오후가 되어도
아무 일도 없는 것처럼
뚝딱 뚝딱 일만 한다
밤이 찾아온다고
창문을 잠그라고
그래도 뚝딱 거리며 일을 한다
새벽을 열기 위해
아무 일도 없는 것처럼
일 하고 있다

가을이 머무는 창문

가을이
창을 타고 사르락
방바닥에 누운
내 콧등에 앉았다가 흩어지며
창문을 타고 들어오는
가을 밤 소리를 듣는다
사르륵 사르륵 떨어지면서
사각사각 갉아 먹는 소리
귀에서 머리까지 오면
벌떡 일어나
나를 바라보는 가을
갈색으로 머문다
창이 달린 문을 닫을 때
우리는 안에서 밖으로 서로 부르고 있다
울면서 숨소리 죽여 부르고 있다

고속도로 에서

고속도로에서 4톤의 이삿짐들이
1톤으로 축소되고
1톤 트럭에서 이삿짐들이 뛰어 내린다
어제 보다도 더 바쁜 오늘을 버린다
대형 찬장으로 썼던 냉장고부터 에어컨, 세탁기
더블침대 장롱 컴퓨터가 떠나가고
이제 나도 가야한다

고향으로

24년만의 회향
달콤하고 향이 좋은 파인애플맛 스무디
실력으로 승부사를 하겠다는 꿈은
초가을 스산한 태풍의 징조처럼
바람에 흩날리는 종이조각이 부스러진다
회향의 기쁨은 잠시 입은 옷의 화려함 대신에
찾아온 감기를 앓고 있다
재채기가 생채기를 만들고
면역이 올라갈수록 몸속 열은 높아진다
시커먼 아메리카노 투 샷의 짙은 향이
컴퓨터 자판을 종일 두드린다
내 종이에 그득한 배부른 글자들
서로 인사를 한다 자기소개다
살아온 무게들을 달고 있는 저울처럼
저울이 활발하다
내 시어는 나이를 먹고 있다

그저 그런 너

그리워하는 사람을
그리워하지 말자
바람 소리에 촉촉한 눈물이 많다
살갗들의 울음소리에 귀 기울이지 말자
영혼의 세상에서도 만나지 않아야 하는
그저 그런 너와 내가 바라보고 손짓하는
아라비아 사막에서 자유로운 너를 반기려
모래 바람을 일으킨다
눈이 먼 사막은 천천히 두 눈을 부비면서
태어나고 있다

금요일 오전

수맥 흐르는 소리
들리지 않을 만큼
편안한 책장을 넘긴다
방문이 닫히면서 고여 있던 공기가
사지를 조여 오고 있다
목이 답답하고 땀에 흠뻑 젖는다

아무 일도 일어나지 않는 금요일 오전
같은 시간 돌아 갈수 있던 집이 오늘은 없다
노트 한권과 바꾼 젊은 날이 문 앞에서 멈춘다
수맥에 노출된 혼돈은 구토를 한다

나의 책은 몇 권일까

누군가 노크를 한다
그리고 문을 연다
구름 한 점 없는
마른바람이
금요일 오전으로
쏜살같이 들어온다
아무 일도
일어나지 않았다며
나는 책상위에 놓여진
다른 책장을 넘긴다

BIT COIN의 배경

껍질을 덮고 사는 고단한 하루들
너를 기다리는 신대륙
신대륙에서 태어난 너는
고단한 하루의 보상을 받는다
새로운 고단에 도전하는 너의 힘을 본다
컴퓨터는 2000년대를 열었다
컴퓨터의 타자 실력이 늘수록
더 열심히 타점을 누른다
신대륙에는 먹을 게 많다
컴퓨터에서 문제를 풀게 되면 보상으로
쏟아지는 비트코인
비트코인은 깨물어 지지 않는다
BIT COIN을 먹는다
가상현실에서 껍질을 벗고
신대륙에서 새 시대를 여는 BIT COIN을 만나다
끈이 없는 노트북을
터치하면 가상현실에서

BIT COIN이 금의 옆자리에 앉는다
황금을 금 거래소에서 산다
BIT COIN을 COIN 거래소에서 산다
그리고 판다
판돈은 내 통장 계좌에서 자유로이 움직인다
결제를 하는 너의 이름은 암호화폐다
암호화폐, 왕중왕 COIN의 이름을
BIT COIN 이라고 부른다

나비처럼 날아서

어젯밤의 날씨를 모르는 나비야
이른 아침부터 너를 부른다
안개를 걷고 살며시 머리를 들어라
내 눈을 보아라
세상이 여기에 있단다

물안개 지나간 자국마다
홀로 있어도 혼자가 아니다

쏟아지는 태양빛 아래가 나비동네
아침을 두려워하는 벌레 세상에서
눈썹을 지긋이 치켜들면 아름다운 숲 냄새
밤이 오기 전에 어둠이 찾아오면 나는 서두른다

어젯밤의 날씨를 모르는 나비야
이른 새벽부터 찾는구나
숲 밖에 찾아와 힘껏 팔 벌리며
열어주는 너의 세상 밝아오는 아침 햇살들
물안개 비린 내음에 취해 나비는 난다
나비는 난다 나비가 날아간다

남녀의 속셈

내 머릿속에 남자가 있긴 있는 걸까
남자는 있는 것 같은데
남성은 자라고 있는 것 같지가 않다
남자의 자식을 얻기 위해,
내 씨를 옮기기 위해서다
남성이 이미 존재하지 않는 머리 속,
성씨만을 위한 씨 밭에서 종자씨 견적을 말하는
남자들의 일상은 2050년에 시작되었다
여자는 씨를 가져서 씨가 나오고,
씨가 사람이 되는 기간보상을 흥정한다
레비똥 핸드백에 써서 내밀고
남자는 한번이나 몇 번의 기회를
엿보는 잃어버린 사랑이란 말과
백지 부도수표로 여자의 얼굴을 살핀다
여자는 갈등하기보다 후려치는 기술을 발휘하면서
인심 쓰는 척, 아래 위를 훑고 미래를 계산하지만
표정은 여자의 과거처럼 한 가지라도 더 받고 싶어한다

옛날 조상은 사냥을 해서
여자에게 주고 자신의 씨를 남겼다
이제 여자는 먹물을 먹고 머리 결이 좋아지자
머리 속에는 기어 다니는 칩이 생겼는데
자동 연산 기였다.
여자에게만 이어지는 자동연산기는
남자와 사는 방법을 연산해주었다
여자들은 이름 성을 남기기보다
자기의 유전자가 남기는 장사라고 대대적 훈련을 받는다
여자는 아무것도 요구하지 않지만 모든 걸 가진 여자,
여성이 되었다
2050년, 2100년에 동땡땡 신문에 난 기사를 읽고
여자 세상에 태어난 나는 기생충이 아닐까
나에게 내가 질문을 한다

지하철에서 소리를 지르다

지하철 기다리는 대기 선은 지루하지가 않다
또박또박 시민 공모전 이라는
활자의 달인, 명인, 장인들 솜씨가 나란히 보고 있다
소수가 다수를 동물원 동물 보듯이 보아준다
그들은 모두다 시인 이라고 했다
시인들의 의식주는 글자일까, 말일까
그들의 모습은 지루한 일상을 되돌아보게 하는
힘을 가진 사람들이다
다수의 사람들에게 시원한 사이다 폭포수를 안겨준다
목구멍 안에 사이다 가스 방울 알알이 톡톡톡 터진다
이것은 대중매체 카톡과는 다른 것이다
돈을 주지 않아도 보람을 받기도 한다
외상으로 받지만 갚을 필요는 없다
공중에 날아다니는 말을 빨래 줄에 빨래처럼
유리창에 붙어 있는 모자이크 같은
여럿이 붙어서 기쁜 모습이다
지하철을 타야하는 서러움이

한 병의 비 메이커 사이다를 마시고 트름을 뻗어낸다
지하철도 사람들을 꽉꽉 밀어 넣고
사이다 트림을 그윽 내어 놓는다
지하철 유리창에서 그들은 웃겠지
사는 게 파노라마라고.

당신은 나에게 유혹이다

당신이 싫지 않기에
당신과 연분을 맺을 수도 있다
나의 짝을 찾아서 여기까지 왔는데
유혹이다
드라이브로 나를 설레게 한다
섣부른 불꽃놀이가 도로 아미타불
오매불망 기다리는
내 짝의 눈을 가린다
가혹한 세월을 보낸 나의 나이가
내 짝에게
천년을 또 기다리게 할지도 모른다
당신은 나에게 유혹
흔들흔들 거리는 끌어당김 질,
내일 생각하자

고립

내 몸의 주인은 있는 걸까
시인의 마을은 보이지 않는
정신세계가 있다
우—
야당이 몸에 붙어 있다는 게
우—
여당, 머리위에 더 높은 신이 산다
머리가 잘 난체 개똥철학 하면
티브이 앞에서, 컴퓨터 앞에서
연애를 잊은 채 몸이 시든다
기계가 노동을 하고
대리모가 짝짓기를 한다
두두두
태아는 대리모에게 갇힌다

목걸이

마음 싸움이 시작된다
싫지도 사랑 하지도 않는 그 사람
그래도 보고 싶은 얼굴
내 목걸이에 새겨져 있다
길은 한쪽으로 뻗어야만 되는 걸까
커다란 단감나무 보이는 신작로에
나는 가고 싶다
양쪽으로 열려진 공간
포플러 가로수의 갈채를 받으며
단감도 먹고 목걸이도 찾으러
너를 만지는 손가락들, 까르르
신작로가 웃는다

병든 시계

누가 이기나
빙글 거리며 째깍째깍 잘도 돈다
엿가락처럼 축 늘어져서
땅속으로 푹푹 꺼져 가는 내 생명
누워서 시계를 본다
내 안에 있는 누군가가 호통을 친다
스스로 일어나라고
시계는 느리지만 째깍째깍
다섯 시간을 만들어 놓는다
어둠 속에 정지된 시간
째깍째깍 째깍
싸늘한 등줄기의 냉기
긴 손가락으로 꼬인 시간을 잡을 때
일어나라, 호통 칠 때도
째깍째깍 째깍 누가 이기나

태풍

기다려야 된다고 가르친 나
정작 참고 기다리는 것 마저 나
불덩어리를 안고 화로 속에
확 뛰어 든다
벌떡 일어나 움직이는 환영
보리수나무 그늘 아래 앉아 있다
나를 태워 내야 한다
불씨를 말려야 한다
시리고 갈퀴는 주먹으로
공중을 콱 쥐어짠다
비바람이 소리를 낸다
내 비바람 소리 ,저 소리
몇 천 명 아니 몇 만 명이
이재민이 된다

기억창고

나락으로 떨어진 꽃잎
평안감에 도달한다
시간이 알게 한 공간에서
발레리나를 만나고
국악을 만나고
괴테도 걸어 다니는 전시관에서
너를 닮은 네가 걸어오는 소리
세상은 천천히 사진을 찍는다
사진들이 찍혀 나온다
조금씩 다른 그때 그 순간들
기억창고에 사진들이
걸어 들어가고 있다

새벽

아침이다
새벽 4시 21분에 왔다
날이 밝아오기 전
나를 지배하는 어둠아
지우고 싶은 밤들아
나에게 외상술 주지마라

여자 1

소리 나는 것 들이
그 시간에는 잠을 잔다
짧게 숨을 멈추어 본다
그 시간에는 사람들 이야기를 한다
203호에 출근하는 338호에 근무하는
1412호에 사는
아파트에 오피스텔에 사는 얘기꺼리
벽돌에다 색칠해 놓은 길고 커다란 것들
여자는 밤마다 문을 열어 놓아서
문 열어놓고 기다리는 우리의 언어로
얼굴로 몸으로 말한다
그 여자가 살고 있는 203호
얼굴로 몸으로 손으로 말하는 여자
그 시간에 그녀는 203호에 있다

나도 보호껍데기를 열어 놓는다

미지의 분홍색 드레스를 입고
한 걸음씩 한걸음씩
장미꽃 향기를 뿜어내는
그녀
나는 할일을 마친 하녀다
나는 색깔이 없는 수박의 첫 가죽
네가 화려할수록
나의 인생은 시들어간다
그래도 너는 나에게 몸신 이었다

시인의 걱정

시인은 말한다
교통카드를 사용하면서
보이지 않는
눈이 따라 다닌다고
인터넷 선로가 놓여지는 두려움
황사 바람에
한치 앞을 볼 수 없었던
그 어느 삼월에 대한 기억에
사로잡힌다고 말한다

한글창제

내 아버지의 힘센 것은
아이들을 많이 낳은 것이다
낳고 또 낳고 계속 낳았다
아버지는 그들이 굶주릴까봐
밤잠을 이루지 못하였다
경상도 어느 절간에 스님이
가져온 기왓장에 꼬부랑 글씨를
그려 넣으면 하늘이 먹여 살린다기에
이리저리 입술이 터져가며
부르다가 나온 각 모양을 한
새 글자의 이름을 훈민정음 이라고 했다
훈민정음을 데리고 다니면
소나 말도 글자를 배우고 싶어했다
우리 아버지라고 손바닥 만 한 종이에도 썼다
기뻐하던 아버지는 천살이 되어서도 살아있다

내 가슴에 내 머리에 내 유전자 안에도
보물을 심어주신 우리 아버지 이름은
세종대왕 이다
천년만년 대대왕 이다

노트북은 알고 있다

서초 역 4번 출구
노트북이 앉아 있는 카페에서
사람들은 집을 버리고 카페로 나왔다
카페는 밤 11시에 끝을 낸다
집을 두 번 나온다
노트북은 호흡을 하고 심장을 복사해서 두었다
4차 산업의 혁명을 담아 논신형 노트북은
usb를 넣지 않은 원본 상태로 카페를 방황한다
창조를 해간다
시간과 공간을 보탠 가상세계가 그의 먹이다
먹이를 먹을려는 신동들은 빵을 먹는다
입구가 다른 한 몸은 밤을 기다린다
무의식의 세례를 받기 위함 일까
새로운 길을 돌아누운 자리는 말한다

내 거친 용기가 허물을 깨부수고,
허물을 덮고 살아온다 해도
돌아누운 자리는 떠나갔다
시간을 따라 가버린 흔적은
나무 한그루 자라고 있는 듯하다
내 이부자리 누운 곳에 등 돌린 그녀를
끌어당기는 힘 부족하다고 해도
흔적은 고목나무처럼 버틴다
다시 돌아온 껍질뿐인 내가
달달한 헛웃음에 낯을 붉힌다
그녀의 돌아누운 자리는 불편하다

텔로미어와 칼로리

나를 울리는 너
선릉 역 부근 한식집에서
마구 먹다보니 2인분을 훌쩍
배안이 소란하다
전쟁이 터졌다
텔로미어 병정들 어질어질
신발 끈 끝머리가 흐트러진다
실타래 모양 흩어지며 풀어지는 소리
생명이 닳는 아우성
칼로리는 텔로미어 길이다
칼로리가 많아지면 몸은 손발부터 끊어간다
몸통만 남는다면 시는 누가 쓰나
스트레스는 칼로리를 부르고 칼로리는
앉고, 눕는 것을 즐긴다
칼로리를 괴롭힐 때 텔레미어는 정상을 회복한다
항상성을 찾아간다
칼로리와 텔로미어는 악어와 악어새다

돈

뭔가 갉아 먹는 소리가 난다
닳고 있는 저 소리를 가만히 들으렴
앞장서서 달리는 그대는 돈이다
시간이 움직이면
아프다고 쓰리다고 훌쩍거리며
팔을 훑는 나는 애기 고양이다
우유가 없어도 웃어야한다
그를 응시하고, 좋아하는 짓을
알아야 우유를 먹을 수 있는 것처럼
직장을 잃고 프리랜스 급여는 없어도
한몫에 받을 수 있을 거라는 기대
태풍의 블랙홀
흐트러지는 자신감을 유지 할 수가 없다
술도 먹지 않고 버틸 수 있었던 건
이상욱 덕분이다

홈쇼핑 중독

쇼호스트가 마음을 흔든다
주문을 할까 말까
스크린처럼 지나간다
나의 뽐내고 돌아다닐 봄날들이
주문을 하고 나면
계속 택배 아저씨가 기다려진다
드디어 도착 된다
거울 쇼 윈도우 앞에서
마네킹이라도 된 듯 입었다 벗었다
다이어트가 저절로 되는
회사 사람들 새 옷 칭찬에
커피 값 팍팍 쓰고 나면
새 옷은 어느새 새 옷이 아닌
내 몸의 일부가 되어 지고
나는 내 몸이 싫증나기 시작하고
그렇게도 환상을 주던
새 옷은 탈색되어 묻혀 지는데

나는 바람둥이처럼
새 옷 입을 기분에 들뜬다
가슴 뿌듯한 택배 아저씨 문자는
나를 환상에 사로잡고
내 남편이 새 여자를 만나려고 면도질 하며
비누거품 안개 걷힐 여자 얼굴 연상하며
콧노래 부르는 거나
내가 새 옷 사러 백화점 가는 거나 똑같다
남편과 나는 바람을 핀다

한씨 민족

한 이라는 성姓
그 글자는
어디서 왔는가
넓은 평야를 가르는 발자국이 있다
그들은 말을 타고 활을 쏘았다
허공에다 활을 쏘면
하늘에 기러기떼, 새떼들 무리들
그것들은 하나라 은나라 주나라
그리고 동쪽에 한나라가 있다
그들은 동이족이다
그 동의족은 한이라는 말을 자주썼다
우리는 하나다 하나로 태어난 줄기다
하나로 된 식구다
눈물이 많고 웃음이 끊어질 줄 모르는
평야에 바람 같은 존재들이다
말 달리며 활 쏘는 붉은 악마들

치우천왕이 사는 나라에
살고지고 아리랑을 부르는 그들이 있다
한 민족이 틀에서 살아간다

대륙에 부는 바람

  – 영웅

나는 꿈을 꾼다
나를 찾는 자 현상금을 탄다
대륙에 불어오는 바람들
나도 그들 중 하나다
그들은 알고 있다
대륙에 불어올 바람의 종말은
부글부글 대륙은 통곡을 한다
비바람 번개 천둥치는 밤, 억눌린 대륙의 몸
부스스 털며 대륙은 일어나 앉는다
바람이 일으키는 도전을 그들은 아는 것이다
그들은 대륙을 잡아야한다
끊임없이 싸움질 하는 대륙
평탄한 대륙이 밀고 오는 새 세상은 우리들의 것
대륙에서 부는 바람
바깥에 있는 그들, 부르르 떤다
바람을 일으키는 자
새 세상의 밝은 빛 앞에서

빈티지는 사라진다

우리는 빈티지 70년대를 기억한다
체크 남방에 청바지 빈티지가
가져온 것들에
우리의 청춘이 묻어 있다

강남 역 지하철 입구
빈티지 먼지 내음
습한 추억을 일으키고 있다
80년대 취직을 못하고 3월의 쓴 먼지바람
보고 싶은 얼굴 노래가
레코드 가게를 쾅쾅 울려댔다
내 주머니를 털어보면 먼지가루가 나온다
빈티지 냄새가 묻어나온다
먼지 바람사이로 부분부분 시멘트 자국들이
전부였던 황량한 거리에 나서 보지만
갈 곳이 없었던 빈티지 시절을 떠나보낸다

외부에 노출된 usb

내 오랜 기다림을
그곳 그 자리에
우리 눈이 길게 마주친 그날을
그대로 둔 채
세월은 멍들어 가고
살아지는 시간 속에서도
서로는 사랑일거라고

외부에 노출된 그대여
우리의 가슴은
서로 부딪혀야 하는데

스웩,스웩
나는 삶의 노마드여자다

죽음의 바깥에서

카 오디오를 틀고 고속도로를 달린다

나는 죽으면서 살아가고 있다 나의 유년은 흔적을
남기지 못했다 삶 안에 있는 죽음의 사자가 보고 있다
생명체의 오늘은 죽음의 연결을, 유한 선상에서 지나
가는 것이다 삶의 바깥에서 죽음의 고통은 주기 위함
이 아닌 탄생의 전주곡 이라는 것 초월과 추월의 차이
한계안과 한계를 넘으려고 하는 유일한 특성 편견을
가진 사람들, 삶을 개척 하는 현재의 죄의식도 털어버
려라 정직한 모습에 더 진실을 읽을 수 있다 한과 또
한 그 틀에서 연주하다 빠른 템포의 카 오디오는 달린
다 연인일수 없는 새 인류애의 시조 카 오디오 멜로디
같다 신곡이다

붙잡고 놓아주고 끝이 가르켜 주는 현재를 즐겨라

기생충

− 20200210 즈음 봉준호 감독의 오스카상 4관왕기념

매끈한 그의 몸매는 많은 것을 요구한다
머리끝에서 발끝까지를 채우고
또 다른 시각의 친분을 채워가는 그는
나에게 기생충일까
내가 기생충일까요
우리는 서로 말하지 않는 언어로 요구하곤 했다
기생충도 관계는 있는 걸까
관계는 수직과 수평으로 뻗어 갔지만
서로 만날 수는 없다
돌아가고 싶지 않는 관계이기 때문일까
망각의 강이 기억을 건넜다
애증의 시간들이 갉아 먹어치운 잔해
멈춘 시간은 오열한다
하루치의 번민이
익숙치 않은 습관처럼 마음이 헤매인다
손가락 한마디 떨어져 나간 아프지 않는 증상이 아픈
것처럼

키가 작은 등불은 꺼졌다 나의 뼈들이 뿌걱 거리며
소리를 내고 다닌다 사그라드는 새벽
비틀면서 일으키는 뼈의 외침은 은은한 불빛
겁먹은 욕심을 잠재우고 사각등 불빛은 낮은 자리를
비춘다

시의 빗줄기가 언어의 낯선 이미지로
상상력을 직관하다

박정이 (시인 평론가)

한희주(주영) 시편들은 허공에 낙서를 하듯 얼룩진 시어들로 잘 풀어가고 있다.

어쩌면 이른 봄 저 너머에 사유의 세계를 상상한지 모르겠다.

개념적 인식을 실제적 인식으로 시적표현을 구사하고 시적 언술과 대상에 대한 개괄적 검토를 했으며 시적묘사와 진술의 구조와 대상과 인식과정을 잘 표현했다.

다음 작품 <시인은 허공에 낙서를 한다> 읽어보기

로 하자.

시인의 층계는 삶을 기록해 가는 장소다
용이 되지 못한 이무기처럼 몸은 저 모양대로 어긋나고
생이 절고 있어도 용이 되지 못한 슬픔을 토한다
그 여자는 용이 되고 싶은 성욕을 갈구한다
앞뒤가 섞이고, 설익은 자국들이 시 일까
처절한 분노들은 허공에 패인다
회색 그림자에 낙서하는 핏빛의 얼룩들은
구름의 꽃들을 물들이고 있다
용의 눈알들은 캄캄한 밤이 와도 소리 내어 떨지 않는다
틈과 틈 사이, 가슴에 품은 장도 한 자루를
버릴지라도 울부짖지 않는다
그들은 신에게 울부짖는다 비닐에 갇혀있는 불안,
다시는 오지 않을, 바람의 인간들이 있다고

그래 그래 어차피 한 사람씩 신이 되어간다
밀어내고 밀어내는 어설픈 장소에 남은 사람들

오늘도 시인은 허공에 낙서를 한다

– 「시인은 허공에 낙서를 한다」 전문

<알랭 보스케>는 이렇게 말했다. –말 하나하나의

저 밑에서 나는 나의 탄생에 참석한다. ―그렇다 <알랭 보스케>하는 말처럼 화자는 허공에 낙서를 한다는 것은 시인만이 할 수 있는 것이다.

시적언술과 대상 인식에 대한 개괄적 검토와 시적 표현의 이해가 뛰어나다.

<시인은 허공에 낙서를 한다> 작품은 허공에 떠다니는 시의 언어들을 긁어 모았는지 낯선 이미지로 잘 표현했다 한희주(주영)시인의 엉뚱한 상상력은 또 순간의 틈을 초월하는 기발한 생각들이다 어둠속에서 색색의 그림자 빛의 시어를 캐어냈다.

다음은 두 번째 작품<죽음의 질문>을 살펴보자.

하얀 손끝으로
하얀 손끝으로

껍질 같은 내 나이가 쉬고 싶을 때
모호한 관계로 잠을 자는 구겨진 종이 한 장
슬그머니 집어 들어 혹시나 하고 펴본다
겨울나목 귀퉁이에 새겨진 이름 석 자
바쁘게 달려온 아버지라는 호칭
나이를 먹은 채로 곤히 졸고 있다
산다는 것은 산자의 그림자를 끌고

누워있는 몸을 뒤척인다

죽음의 질문은 하루 일기와 같다
성큼성큼 바람이 몰고 다니는 일이다
생각은 생각을 흥정하는 것
죽은 자의 생각은 모른다 죽은 시체만 달리려 한다

하얀 손끝으로
하얀 손끝으로

다시 펴기엔 구김이 너무 많다
잠이 들 수만 있으면 잠들어야 한다
쉬어야 할 일
쉬어야 할 일
내겐 시간이 많지 않으므로 죽음의 질문을 던진다

－「죽음의 질문」전문

　이 작품은 시적 언술의 특성과 구조의 시적묘사 시
적진술을 무난하게 표현 하고 있으며 <죽음의 질문>
에서도 그 생의 자국에 돋았던 못 자국처럼 죽음에서
말라가는 삶의 질을 예리한 눈으로 과감히 질문을 던
져보는 대단함도 보여준다 어쩌면 죽음의 입술에 눈물
을 채워 줄 것 같다.

한주영 시인의 <분홍을 핥다>를 보면

그 여자는 분홍의 꽃잎처럼
미세한 생각의 열정으로
푹신한 바닥에 누워 시트 한 장 깔았다
연분홍도 진분홍도 아닌 색의 자태는
누구라도 홀릴 수 있는 기세다
엄마의 뱃속처럼 내게
안락한 평온 감을 선물하는 너는 너 나는 나라고,
꼬물꼬물 거리며 물밑을 헤엄쳐 가는 물고기처럼
연한 살성의 젊음이 나를 잡는다
지난 계절 머물었던 그 자리는 나를 묶어둔 채
분홍색 알들이 가득 깔려있었다
한 알씩 한 알씩 톡톡 터지는 생명이 잉태되는 곳
태어난다는 것은 생명이 숨을 쉬는 유방이다
몸을 질척이는 유선의 젓줄기도 분홍 이었다
분홍을 핥는다
분홍을 핥는다
그 여자의 핥는 분홍은 분홍색 침을 흘린다

– 「분홍을 핥다」 전문

여기에서도 시적언술이 시와 시적화자가 비유와

활용이 잘 조화롭게 되어있다.

<분홍을 닳다>는 톡톡 터지는 생명의 잉태가 느껴지는 작품이다.

분홍꽃잎이 지나간 후 움푹 패인 오래된 분홍의 그림자가 불안한 생각을 잊으려 그리움을 토했다. 여자는 분홍의 흔적에 설레인다. 언제든 분홍의 꿈을 꾼다.

분홍의 감옥을 여지없이 탈출하는 자유 분망함도 잘 보여주고 있다.

한주영의 또 다른 작품은 어떻게 표현된걸까.

실종된
봄옷이 들어 있는 서랍
가만히 쉬-잇
숨 쉬게 해달라고 조른다
더듬는 손
만져지는 매무새 따라
한 겹 두 겹 몸이 된다
지난겨울 내내 덮어 두었던
이야기들이 옷을 갈아입는다
계절마다 붙은 먼지를 털어 버릴 때
저마다 한 가지 징표를 집어든다
고인 바람이 빠져 나가는 틈새

나는
옷의 이야기에 징표를 건다

     - 「이야기들이 옷을 갈아 입는다」 전문

이번 작품도 비유와 활용 시의 구조와 행行 연聯을
잘 이끌고 갔다.
<이야기들이 옷을 갈아 입는다> 시처럼 서정성 바
탕위에 여성성을 표출하는 느낌표를 했다.
옷들이 채워주는 이야기들이 재미있다.

다음 작품은 <내 이름은 화낭년이다>
제목부터 특이하다.

담벼락에 기댄 바람들이 나를 발칙하다고 한다
그래서 내가 입는 브랜드 네임도 화낭년이다
화낭년 옷을 입으면 날씬 해 지는 것 같다
군더더기가 없는 사랑에 몰입 할 수가 있다

나는 1961년에 태어났다
내 머리카락이 다 자라기까지 꼬박 59년이 걸렸다
고무줄 끊기 하던 학교친구들은 학부형이 되어서
내 머리카락을 자를 사람도 사라졌다

머리카락은 바람 부는 대로 흔들면서 소리를 냈다
소리도 인공위성을 타고 방송을 잡았다
화냥년들 세상, 화냥년들은 1961년에도 있었다
다만 숨어 있었을 뿐이다

나는 발칙한 발상을 하는 화냥년 이다

– 「내 이름은 화냥년이다」 전문

<내 이름은 화냥년이다> 이 작품에서 무엇인가를 분명히 표현하려고 화자는 말한다.

모든 사물이 존재하는 것은 모든 사유가 존재하는 것이다 슬픔이 처렁한 연초록 편지 한 장을 우체통에 넣고 싶을 만큼 싱그럽다. 이제 시인의 첫걸음마를 한 발 한발 천천히 내딛는 것처럼 엉뚱한 사물의 눈을 가져야 할 것이다.

정말 이 작품의 마지막 연처럼 발칙한 발상을 하는 화냥년 시인 한희주(주영) 작품답다.